기획의 말

그리운 마음일 때 'I Miss You'라고 하는 것은 '내게서 당신이 빠져 있기(miss) 때문에 나는 충분한 존재가 될 수 없다'는 뜻이라는 게 소설가 쓰시마 유코의 아름다운 해석이다. 현재의 세계에는 틀림없이 결여가 있어서 우리는 언제나 무언가를 그리워한다. 한때 우리를 벅차게 했으나 이제는 읽을 수 없게 된 옛날의 시집을 되살리는 작업 또한 그 그리움의 일이다. 어떤 시집이 빠져 있는 한, 우리의 시는 충분해질 수 없다.

더 나아가 옛 시집을 복간하는 일은 한국 시문학사의 역동성이 드러나는 장을 여는 일이 될 수도 있다. 하나의 새로운 예술작품이 창조될 때 일어나는 일은 과거에 있었던 모든 예술작품에도 동시에 일어난다는 것이 시인 엘리엇의 오래된 말이다. 과거가 이룩해놓은 질서는 현재의 성취에 영향받아 다시 배치된다는 것이다. 우리는 현재의 빛에 의지해 어떤 과거를 선택할 것인가. 그렇게 시사(詩史)는 되돌아보며 전진한다.

이 일들을 문학동네는 이미 한 적이 있다. 1996년 11월 황동규, 마종기, 강은교의 청년기 시집들을 복간하며 '포에지 2000' 시리즈가 시작됐다. "생이 덧없고 힘겨울 때 이따금 가슴으로 암송했던 시들, 이미 절판되어 오래된 명성으로만 만날 수 있었던 시들, 동시대를 대표하는 시인들의 젊은 날의 아름다운 연가(戀歌)가 여기 되살아납니다." 당시로서는 드물고 귀했던 그 일을 우리는 이제 다시 시작해보려 한다.

밀물 드는 가을 저녁 무렵

문학동네포에지 032

고운기 시집

밀물 드는 가을 저녁 무렵

시인의 말

기쁨은 때로 두려움을 동반한다.

이런 생각을 가진 나만큼이나 소심한 사람은 기쁠 때도 저편의 슬픔을 생각한다. 정작 슬픔 속에선 기쁨의 저편을 노래하지 못한 것이 못내 죄스럽다.

내 아직 어리므로 잘못은 두고두고 고쳐가리라.

1987년 1월

고운기

개정판 시인의 말

이생에 나는 가을을 좋아했나보다. 가장 철든 계절이 가을이다. 35년여 만에 첫 시집을 다시 내려 유심히 읽어보니 그렇다. 다시 오는 생이 있겠는가만, 오면 가을이 아닌 계절에서 살고 싶다.

2021년 10월
고운기

차례

1부

2부

3부

4부

1부

가을 시편

가슴에 남아 미처 하지 못한 말 있거든
이제 다음 계절로 넘기자
지금은 한 해를 갈무리하기에
해는 저렇게 빨리 져 갈 길을 재촉하지 않니
찬란했던 봄날과 뜨거운 여름을 밟고 온
우리 생채기가 더러는 아물었으니
되새겨 깊이 삶의 매듭도 묶어야지
행여 사람답지 못하게 굴었던 못난 일 있거든
그것도 웃으며 기억 속의 한편에 접어두자
해 저문 들판에 서성이기보다
우리 삶의 연장을 챙겨 들고
아직은 따뜻한 온기가 살아 숨쉬는 마을로 가
흙 묻은 옷을 벗어 털고 쉴 자리를 청하자
그래서 가을 해는 저리 짧아만 가고
노을은 저토록 붉게만 타는 것이 아닌가
아, 이 가을에도 어디로 떠나야 하는 사람아
기어이 오래도록 지우지 못할 뒷모습만
왜 그렇게 하는가.

밀물 드는 가을 저녁 무렵

1

먼바다 쪽에서 기러기가 날아오고
열 몇 마리씩 떼를 지어 산마을로 들어가는
밀물 드는 가을 저녁 무렵
사립문 밖에 나와 산과 구름이 겹한
새 날아가는 쪽 하늘 바라보다
밀물 드는 모래펄 우리가 열심히 쌓아두었던
담과 집과 알 수 없는 나라 모양의
탑 쪼가리 같은 것들을 바라보면
낮의 햇볕 아래 대역사를 벌이던 조무래기들
다 즈이 집 찾아들어가 매운 솔가지 불을 피우고
밥 짓고 국 나르고 밤이 오면 잠들어야 하는
밀물 드는 가을 저녁 무렵
분주히 하루를 정리하고들 있었다
그러면 물은 먼바다에서 출발하여
이 마을의 집 앞까지 밀려와 모래 담과
집과 알 수 없는 나라 모양의
탑 쪼가리 같은 것부터 잠재웠다
열심히 쌓던 모든 것을 놓아두고
각자의 집으로 찾아들어간 조무래기들의 무심함만큼
이나
물은 사납거나 거세지 않게
천천히 고스란히 잠재우고 있었다
먼바다 쪽에서 기러기가 날아와

산마을 어디로 사라지는
밀물 드는 가을 저녁 무렵

2
이 도시에 밀물처럼 몰려오는 어둠
먼 시가지가 보이는 언덕길 버스 종점에 내려
돌아올 버스 토큰 하나 남았던 허전함처럼
모두 쓰고 버리고 힘들여 쌓아놓고 오는 밤
불을 키우고 어둠을 밝혀
한낮의 분주함처럼 서성이지만
먼 옛 마을에 찾아와 호롱불 몇 개로 정체를 밝히던 어둠이여
오늘 인공의 빛을 피해 찾아오는 밀물이여
이미 어린아이 적처럼
만들었던 것들과 무심히 결별하지 못하는 우리에게
깊은 잠을 주고 또 평평히
세상의 물상들 내려앉히는
대지의 호흡이여

어느 땐가 밤이 깊어져
물은 떠나온 제 땅으로 돌아가고
백지처럼 정돈된 모래펄에 아침이 오면
이루었으나 아무것 이룬 것 없는 흔적 위에
조무래기들 다시 모여들었더니

물이 들어왔다 나간 이 도시의 고요함을 딛고
내가 간다
살아왔던 일일랑 잊을 만하고
새 벌판은 끝이 없어
또 쌓아야 모습은 못날 뿐이지만
일이 끝나 날이 저물면
가슴에 벅차도록 몰려오는 밀물은
산이 되고 밭이 되고
집과 자동차와 친구가 되고
정승이 되고 나라가 되고
희망도
사랑도 되었을 것을.

통일로 코스모스

뭇 관제의 철망이 드리운 길이라도
꽃은 피고 싶어서 핀다

이미 보이지 않는 예스러운 법망과
아직 무언지 모를 이 시대의 암호를
굳이 기억하려거나 알려고 말자

어느 어린 손길이
이 길가에다 코스모스를 심었는가

옛 전우들은 여기 어디에
꽃처럼 붉고 흰 피를 흘렸고
이제라도 장전된 포탄은
언제든 이를 수 있는 곳

4차선 아스팔트길은 낯설기만 한데
꽃은 피고 싶어서 피지만
피지 않아도 되는데도 핀다

심는 자의 꿈이 헛되지 않게
붉게 희게 핀다

동대문

이 문이 열리면 조선의 동쪽이 열리고
이 문이 닫히면
조선의 동쪽 사람들은 이문동이나
신설동에 와 머물러야 했다
조선의 동쪽은
동대문의 문짝만큼만 했을까
소나 나귀도
사람이나 화물도
동대문 하나면 족했다, 조선의 동쪽은
이 문이 열리면 열리고
상감께 올리는 공물도
서울 시민 먹일 옥수수며 감자도
족히 들어왔다
어둠을 맞고 이 문이 닫히면
소도 나귀도 잠들고
들어올 사람도 짐도 문밖에서 잠들었다
잠든 마을은 평화로웠지만 이제
종로는 힘차게 달려오다 여기서 멎고
건널목도 지하로 숨어
사람들은 속삭이며 지하도 어디로 사라지는데
이 문은 닫혀 있다
버스도 사람도 문을 두고 돌아
돌아서 어디로 가고 있다
닫힌 것은 동대문만이 아니며

돌아가는 것은 자동차뿐만 아닌 것같이.

어느 날 수유리에서 돌아오며

거리는 너무 어둡고
안개가 피어오르는 노면은
자동차 헤드라이트로 비추기에
불빛이 약하다고 속삭인다
내가 탄 차와
먼저 달려나가길 바라는 옆 차와는
불과 몇 뼘이나 될까
부딪치지 않고 달려가는 것이 용하다

용한 것이 자동차뿐이랴
우리가 눈물겹도록 사랑하는 시대는
절대 부딪치지 않도록
서로 앞서 달리길 원하면서도
사이좋은 듯 나란할 수 있도록
아무런 장치도 없을 듯한데
누구일까
무엇일까
안개처럼 노상을 잠재우고
반딧불만한 불빛 달아주고도
먼저 달려나가는 자에게
한없는 박수와
시샘을 퍼붓는
사랑하는 우리의 시대

과묵한 시인은 과묵하게 수유리에 살고
누우면 머리에
끝없는 도봉의 청청함과
그만큼 청청하게 살다 간 4 · 19 탑의
두려운 영령들 베고 누워
편히 잠 못 든다는데
빛이여 안개여
나는 자꾸 말이 하고 싶어진다
눈물 같은 시대여.

초소에서

중학 졸업반 때 주먹질하다
학교에서 퇴학 맞았다는 이하사가
소총을 나누어준다
우리 임무는 총을 닦고
기간병 옆에 서서 밤을 새우는
일이다
초소의 판초 지붕으로 빗방울이 떨어지고
군복도 가지고 있는 무기며 보급품도
비에 젖고 있다, 그는
총 든 우리를 지켜주며
언제처럼 명령 하나에
함성을 지르며 적 초소가 보이는
휴전선 너머로
돌진할 수 있다고 뽐냈다
돌진할 수 없는 건
꿈처럼 아득한 세월이요
한물 바랜 내 인생이라고
이하사는 우리가 대학생인 것을
못내 부러워하기도 했다
고향보다도 애인보다도 조국보다도
그에게 남은 문제는
석 달 앞둔 제대였다.

청량리

도봉과 북한산이 수틀리면
청량리엔 비가 내린다
로터리의 비 맞는 플라타너스여
소리를 내며 무어라 하는가
사람들은 좁은 우산을 받치고도 비를 맞고
돌아가는 자동차는 서두를 일 없다 한다
할말이 있는가
밤이 온 청량리, 역 앞 광장에 서서
예부터 이곳이 청량했는가 생각한다
비가 오는 것도 기압골의 영향이며
지리적 조건일 뿐
도봉과 북한산이 세상을 보고 눈물 흘려
눈물이 비가 된 건 아니라는데
기압골을 거두어도
청량하지 못한 세상에서
청량리는 비를 맞고 있어야 한다
도봉과 북한산이 수틀려
어리석은 자 나오라 하면
쓰고 있는 우산도 버리고
알몸으로 우리는 비를 맞아야 한다
청량해야 할 것
헤아려야 한다.

경복궁

큰 나무는 더이상 크지 않고
충분히 나이가 든 나무는
더이상 나이를 먹지 않았다
경회루 연못 한구석에서
또는 근정전 한 모퉁이 돌계단에서
바라보는 기왓장은, 큰 기둥은
조선 팔도를 이지 못하고
삼천리 금수강산을 버티지 못했다
파발 보낸 공문은 반이 그냥 돌아와
천자고 어둠침침한 방에 버려지고
신문기자들이 달려오면 아전들은 문을 잠갔다가
한두 줄씩 베껴가라고 내놓았다
미국 사람 몇이 사진기를 들고 돌아다녔으나
집채만한 엉덩이와 우리 딸년 가녀린 허리만 나오게
낄낄거리며 깔깔거리며
찍어가고 있었는데
효종 임금이 향원정 다리를 건너와
아이들을 불러모으고 시루떡을 나눠주었다
먹다가 재잘거리다
아이들은 조대비 침전을 지나 연못에 이르러서
잉어 노는 물에 시루떡 부스러기를 던져주는데
팔뚝만한 잉어는
푸드덕거리며
튀어오르며

그런 힘으로 삼면의 바다 푸른 물결 헤엄쳐
아이들을 등에 태우고는
거침없이 가서 그냥은 돌아오지 않을 것같이
검푸른 등만 보이며 일렁이며 잠수하다가
물을 차고 올라 시루떡 부스러기를
받아먹었다
나무는 더이상 크지 않고
더이상 나이를 먹지 않는 경복궁.

광화문 하모니카

스승은 어두워가는 이 지하도 입구에 서서
시(詩)를 생각했고, 시의 진실은
노동의 진실에 값하는 어떤 것이라고
상(賞)을 받는 자리에서 말했었다
먹고사는 일과 벽난로에 넣는 장작이 충분한
예술과 이론에만 고뇌해도 되는 사람은 다르리라
이 지하도에 서면 시라든지
예술이란 단어가 어떻게 낯설게만 들리는지 아느냐
왜 네 방향에서 사람들은 쏟아져 들어와
어디서 제 길을 찾아 나가며
아무에게도 다치지 않고 아무도 기억하지 않고
무엇으로 싸우다 총총히 사라지는지 아느냐

외로움은 외짝 가로등에 묻어 있지 않다
하모니카를 불며
지하도 맨 마지막 계단 아래 선 젊은 맹인
그도 조금 형편이 달랐다면
KBS교향악단 어느 관악기 주자로
세종문화회관 무대에 서 있었을지 모른다
서 있는 장소와 처지가 문제된다면
슬프고 외로운 건 길 가운데 홀로 선 구리 동상이며
동상 아래로 떠다니는 섬 같은 자동차와
그림자를 남기지 않고 사라지는 우리이다

노동은 이미 흙을 파고 밭 일구는 일을 넘어
매춘과 도박으로 업종을 늘리고
우리 진실은 아득히 멀어지는 발자국 소리에 맞춰
어두워가는 지하도 입구에 울려 퍼지는
하모니카 소리.

천변 풍경(川邊風景)

50명씩
100명씩 모이라 해놓고
장정만 5천 명을 먹인 예수는
손바닥에 그물을 달고나 있었을까
손안에 방앗간이나 차리고 있었을까

먹고 남은 떡, 물고기가
열두 광주리나 되었다는데
허튼 조화를 부린 건 아니었을 거라
예수는 그 자리 사람들 누구나
보리떡 다섯 개와
물고기 두 마리를 내놓은 어린아이처럼
제가 가진 것 모두
나누어 먹기 위해 내놓을 수 있는
그런 사랑을 만들었을 뿐일 거라

시린 손으로 표를 주었던 우리 구 국회의원은
망년회나 열심히 다닌다는 세밑
찬바람 헤치고 홍제천
천변의 휴지를 줍는다, 영세민
취로사업도 그 사람 덕이었겠지만
하루 일당을 쥔들
어느 구석이 만족스러우랴

이 돈도 어차피 우리가 낸 세금
어쩌면 뻔한 생색이나 내주는 일일 텐데
찬바람 일어 그치지 않는 들판
예수는 없지만 우리는 말없어도 10명씩
5명씩 모여 찬 도시락을 깐다
시커먼 얼굴에 간간이 보이는
서로 흰 이가 아름답구나

두툼하게 껴입은 옷 품안엔
아직 더운 기운 살아 있어
이 기운 고루 나누어
우리는 우리의 품을 만들자
품안에 자라는
꿈이나, 사랑이나, 목숨이나……

피뢰침

무심하게
최루탄 폭음 속에서도
휘파람새는 운다
바람도 매워 날아오지 않던
숲이었거니
아름답구나, 그 자리에 새잎 나고
다시 울음 우는 새여
한 봄이 세상 온갖 구석 찾아와
사람의 일만 무상하여도

큰비가 내리려나
새들은 힘껏 날개 쳐 오르고
도서관 옥상으로 나가는 문은
쇠창살로 막았는데
그나마 하늘 한 모퉁이라도 맞아
공중의 맑은 공기 만나려 하니
나는 쪼그려 앉아
담배나 한 대 태우고
내 자리로 돌아갈 텐데

하늘로 짧은 팔을 벌려
혼자 서 있는 피뢰침

어둡던 하늘 비구름 몰려오고

벼락이 떨어져 이 건물을 조준한다 해도
이 큰 건물 안 많은 사람이
머리 위에 번쩍이는 무시무시한
양극과 음극의 싸움을 피해
옷과 밥을 챙겨놓아도
땅속 깊이 뿌리박아두고
뜨거운 전류를 한몸에 받아내리는
피뢰침은 즐겁다

누구인가
이 황량한 시대의
비 내리는 저 꼭대기에 홀로 서
벼락을 맞고 있는 사람
사람의 일만 무상한 이 봄
꽃은 비에 젖어 떨어지는데
우짖는 짐승들을
우리 안으로 몰아들이는
비바람 속의 사람.

서울살이

집 한 칸이라도 옳게 장만해 갖고 사는 사람이
몇이나 되느냐
있는 집 한 칸도
세 주지 않고 담보 잡히지 않고
온전히 자기 것으로 갖고 사는 사람이
또 몇이나 되느냐
가을이 깊어가는 저녁
윤 시월 초승달이 이쁘게 걸렸다
달엔 또 누가 전세 들지나 않았느냐
어느 큰 별나라 은행에 담보나 잡히지 않았느냐
시골로 띄우는 편지에는
가내 두루 평안하다고 적었지만
극장 골목에 내다 깐 좌판을 일찍 치워
그 극장에서 열린다는 무슨무슨 대회에 오실
높은 양반 길 닦아주어야 한다고 돌아오던
점심때 만난 광주댁 식구들
매운 재채기와 바람으로 교문을 나서면
몇 권 들지 않은 책가방이 무겁고도 부끄러워
돌아가면 다정히 몸을 뉠 아랫목도
나에겐 차라리 죄
막차를 보낸 간이역 플랫폼의 주황빛 니크롬 등이
이열 종대로 켜져 있는데
모두 다 돌아간 자리의
깊은 비탄을

나는 알고 있다
손에 쥔 하루치 양식에 만족해하자고 되씹으며
온전치 못한 집이나 찾아 들어간 작은 마음 마음들이
어떻게 잠을 청하는지
기억하고 있다.

봉준(琫準)이 성님

—안도현에게

그럴 것이다
우리 봉준이 성님
싸우다 싸우다 잡혀갈 때
일본 군인한테도 아니고
힘없던 나라님 엄명 때문도 아니다
몹쓸 세상이 너무 험했고
몹쓸 우리 인생이 불쌍해
목숨 살자고 나섰던 일
나섰던 만큼 되지도 않을 일
출렁이는 벼이삭처럼 함께 얼려 외쳤더니
들판에 자란 곡식 모두 남의 양식되어
곳간의 쥐도 옮겨가고
소리쳐 불러 달려온 건
좋은 세상 아니었더라
기중 똑똑한 놈 우리 성님
잡아가야 시원타는 세월, 낯선 얼굴뿐

그럴 것이다
우리 봉준이 성님 잡혀간 것
일본 군인한테도 아니고
힘없던 나라님 엄명 때문도 아니다
성님 스스로 일어서 외치다
우리 함께 살기 위해 일어서 외치다
성님 스스로 오랏줄 받았으니

아무도 성님 잡아가지 않았듯
아무도 성님 도로 내줄 수 없을 것이다
이 땅의 끝 한 모퉁이에서 일어나
한없이 가서도 사라지듯 다시 불어오는
우리 가슴속 바람처럼 재워 있으니.

옛날의 금잔디

해 따러 간 성은 어떻게 됐나
달 따러 간 누이는 어떻게 됐나
산에 올라 불을 지피고
언 땅 고구마밭을 파면
봄아 오너라 푸르게 오너라
설 쇠고 서울 간 우리 성은
산 넘어가는 두 발 전봇대

성이사 우리 생각할까마는
갈아입을 옷 한 벌 없이 떠나던 날
봉수네 성은 1년 만에 양복 입고 왔다고
나도 그럴 수 있노라고
성이사 눈물 감추며 그렇게 떠났었는데

서울 가서 하는 일이 무엇일랴고
성아 너는 고생만 할 뿐이지
돈맛만 들이고 사람 버린다더라
어른들 쑥덕이는 소리 나도 들었다

피어오른 불은 바람 날려
웬일로 내 눈 따갑게 하고
짧은 소매에 눈물만 물들이는데

해 따러 간 성은 어떻게 됐나

달 따러 간 누이는 어떻게 됐나
고구마 밭둑만 푸르게 할 뿐이네
옛날의 금잔디

애국가를 들으며

우리는 술을 마셔도
멸사봉공의 정신으로 먹는다
하찮아만 보이는 생업에 진저리쳐도
최소한 살아남자면
우리는 멀겋게 뜬 낮달을 보고 웃는다
멀리 두렷해오는 산의 굴곡이 부끄럽게
하루의 삶을
지나온 삶을 누구의 생각에 기둥 삼아
누구의 뜻대로 살아주었단 말인가
오후 다섯시 차가운 빙판 위에 날이 저물어
나라 사랑하세 다짐하듯
가슴에 손을 얹었으나
사랑한 건 이제 나라만이 아니다
민족만이 아니다
애끓는 우리 인생만이 아니다, 애국가여
국기를 내린 깃대 끝에
늦은 낮달이 걸리는데
이미 우리는 술을 먹어도
멸싸봉공의 정신으로 마신다.

2부

예수가 우리 마을을 떠나던 날 1

—도성(都城) 밖 대장장이의 노래

진달래꽃 피면 돌아오겠네
벚꽃 만발하면 만나보겠네
그리운 이름들 어디 가도
불러서 모이면 쑥 캐러 가자
봄비라도 내리면 알맞게 맞고서
사랑하던 사람 등에 업고도 가리

허기사 봄도 오면 무엇하리
그대 떠날 때 우리에게 남겨준 것이
서울로 가던 밤 피 흘리며
기도해준 일
가슴마다 허전함으로 슬픔 그득하여
개나리꽃 터졌어도 눈물만 뿌릴 뿐

그대의 아비도 나만큼이나 천한 사람
일생을 목수질 하며 살아왔을 땐
아들이 장차 자라 로마의 군인이나 제사장이나
세리가 되어 돈을 벌고
좋은 집에 살며 세상일은 잊으라고
그렇게 바란 것은 아니었을 테지

허기사 봄도 오면 무엇하리
나귀 새끼 한 마리에 몸을 싣고
그대는 가서 서울 사람들에게 미움을 받고

그리운 고향 봄이 피어오른 산천 뒤로하며
진달래꽃 같은 붉은 피 흘린다니

나는 아직 도성 밖 대장간에 앉아
불에 담근 쇠를 꺼내 망치질하면서도
이 못이 장차 그대의 손을 뚫고 발을 뚫고
이 만드는 창으로 그대의 가슴을 찌르게 될지
알 수 없다네
알 수 없다네.

예수가 우리 마을을 떠나던 날 2

—막달라 마리아의 노래

동백꽃 향기롭다
바구니 옆에 끼고
이 강산 섬 속에 봄이 왔네
동백꽃 필 무렵
다시 오마 하더니
꽃 지고 열매 딸 때도
오지를 않네*

눈물 적신 임의 두 발 머리털로 씻고
동백기름 발에 부어 강성하기 빌었건만
첨부터 믿지는 않았네
열두 사람 중 누가 그 동산에서
밤 깊어도 졸지 않고 깨어 있으랴
혈기로 넘어지고
지혜로도 제 목숨 끊은 놈

첨부터 믿지는 않았네
세상의 패역함은 언제나 마찬가지라
이 나라 어느 하늘 아래
늬 말처럼 똑부러지게 살고
제 몸만큼 남 위해 애쓰더냐
죽기를 맹세한 열정이 식기도 전에
닭은 이미 홰에 올라서 있고
목맬 새끼줄도 나뭇가지에 걸려 있네

광야엔 거친 벼랑과 골짜기마다
임이 새긴 말씀만 또렷한데
들꽃 한 포기만도 못한 인생들 슬퍼하여
시냇가 버들가지처럼 흔들리며 못 박힌 십자가
동백꽃 붉어
마음마저 울연히 붉은 품안에
기름 받쳐 들고 피 흘린 육신 거두러 가겠네

약속한 날 새벽은 찬이슬 밟으며 밝을 것이니
모든 총칼이 거꾸러지고
모든 비겁이 눈물을 뿌리고
모든 무지가 땅을 치며 통곡할 때
동백꽃 송이 어울어 더욱 붉겠네.

* 울릉도 민요.

예수가 우리 마을을 떠나던 날 3

—들 밖 양치기의 노래

별이 모이는 밤에 찾아가리
총총히 서서 걸음마다 지켜주는 길
문전옥답 차지는 누가 하느냐고
물으며 밤길 가리
속 뒤집은 논마다 물을 채우고
씻나락 풀어 마당에 널어놓았을 것을
새벽엔 이슬에 두 발 적시며
바구니 가득 봄나물도 캐어 오자
궁한 살림 허기 채우고
별과 같이 총총히 살아나리

우리는 노예로 태어나
먼 조상은 산 채 제물로 바쳐졌고
아니면 발꿈치 잘려 뒤뚱거리기 일쑤였으니
적어도 그만큼은 안다
조상 피로 물려받은 신분이지만
우리가 누구를 기다리고
누구에게 달려가 절하는가

이 들판 이슬 적시는 풀섶에 앉아
목숨 부지할 양떼와 밤을 지새울 때
제단의 불구덩에 던져지지 않은 것만으로 감사했으나
하늘에서 천사가 내려오지 않아도
양들이 우는 것처럼 우리의 울음이

밤을 지새우는 한 그치지 않아도

적어도 그만큼은 안다
왕이라 부르라 하는 자는 왕이 아니며
주인이라 모질게 구는 자는
참주인이 아니란 것을
절을 받기 위해 옆구리를 찌르고
대궐을 짓기 위해 양털을 앗아가던
왕 밑의 군사나 제사장은
우리 친구가 아니란 것을

우리가 찾은 곳은 대궐이 아니었다
대궐 같은 집이 아니었다
여느 날처럼 양떼와 지새던 그 밤
우리처럼
우리 일하는 외양간에서
울음 터뜨리며 첫 숨을 쉬던 그대 보았으니

태어나던 때같이 모질게 세상 지고
서울로 떠나던 그대여
서른세 살의 하늘이 온통 붉어
천지에 붉지 않은 것 없구나
미워하는 자와 죽이려는 자로
그대는 차마 형제 삼았으니

우리가 그대를 불러 왕이라 한 것을
그대를 불러
기꺼이 친구라 한 것을

그 밤 별이 모여와 다시 속삭여
적어도 그만큼은 안다, 마침내는
우리가 우리를 불러 왕이라 하리
우리가 우리를 불러 친구라 하리.

예수가 우리 마을을 떠나던 날 4

—아리마대 요셉의 노래

나의 임은
기름진 산등성이에 포도밭을 가지고 있었네
임은 밭을 일구어 돌을 골라내고
좋은 포도나무를 심었지
한가운데는 망대를 쌓고
즙을 짜는 술틀까지도 마련해놓았네
포도가 송이송이 맺을까 했는데
기막힌 일일세
들포도가 웬 말인가*

4월이 오면 그날
천지 사방 자로 피는 꽃이 있어
누구나 울연한 마음으로
불어오는 바람 맞대는 것을
나는 안다네
꽃이 피면 무엇하랴던 사람도
긴 한숨을 삽자루처럼 늘어놓고
하늘만 손가락질 하는 것을

겁 없어 지네
4월이 오면 그날
서울 바닥 누비며 재주껏 돈을 벌고
이름 팔아 돈 팔아
이제 정말 할 만큼 했거든

무서운 것 없네
재판정의 총독이 노려본들
로마 군인 창검 빛나고
이론만 견고해지는 학자 늘어나도
삶이 어려우면 누구나 일어서는 것
내사 그리움 이것 하나
보고 지고
보고 지고

들포도 쓴 잔에 입술 적시던 그대
들 밖 거친 언덕 위에 매달렸다니
돌무덤 하나 마련했다오
여기서 묻어주지 못하랴
4월이 오면 그날
천지 사방 자로 피는 꽃이 있어
그 좋은 포도
한번은 보고야 말겠네.

* 「이사야서」 5:1-2.

예수가 우리 마을을 떠나던 날 5

—길잡이 소년의 노래

산 넘기에 팍팍한가
물 건너기 서운한가
해 넘어 어스름 가을 저녁이
그대가 이른 곳 거기에도 찾아왔는가
가야 하리라던 마음 모질게
떠나던 마을엔
늦은 샐비어꽃이 붉도록
피어 있을 것을
해 넘어 받아 더욱 붉게
가슴만 태우며 저며오는가

총총한 별을 등지고
베들레헴엔 여관이 없소?
언젠가 먼 옛적 조상이 살았을 땅에
낯선 사람으로 돌아와
저 깊은 눈빛으로 말을 꺼내던
그대의 아비여

여관집 종노릇에 눈치만 늘어도
만삭된 여인과 낯선 고향에서
낯선 자들로 가득찬 여관을 돌아나와
별빛 이슬 내리는 돌길 헤맬 것이니
베들레헴엔 여관이 없소?
지친 사내의 목소리만큼 여인도 가녀린데

외양간 헌 구유 짚 덤불 하나 마련해주어
그대의 첫울음소리를 듣던 밤
큰 별도 뜨지 않고
어디 동방의 현명한 몇 사람 낙타 타고
오지도 않았다

착한 어미나 알았겠는가
이 아이 자라
낯설 뿐인 도시마다 반기는 자
없는 곳곳으로
가슴에 품어 전하는 말 있어 당할
한쪽에선 돌팔매질
한쪽에선 잡아들일 음모

세상이 바뀌면이나 알겠는가
싸움이 두려우면 싸운다 나서고
진실이 두려우면 진실하다 나서는 자가
그때엔 모두모두 꼭꼭 숨고
머리 편히 둘 곳 없었던 낯선 그대만이
십자가 지고 가리란 것을

여관서 굴러먹은 30년에 주인 되어
나는 먹고살 만큼 되었는데
이제 방 한 칸쯤 비워둘 수 있는데

그대는 자꾸 외양간으로 온다
그대는 자꾸
말구유만 찾는다.

벌교 1

양지바른 담벼락에 담요를 쳐놓고
증명판 사진 찍어주던 아랫방 아저씨는
밤이면 어둠 속에서 사진을 인화해냈다
아랫말 윗말 돌아다니며
기념사진 백일사진 온갖 풍물 찍어
돌아와 밤이면 인화해냈다
유난히 손재주가 좋아
어떤 일도 척척 해내던 아저씨는
어떤 일도 손에서
오래 부치질 못했다
사람과 마을과 한없는 시간이 찍혀
우리집 아랫방에선 밤마다 되살아나고
두 눈 비비며 인화지에 그림이 옮겨 붙는 것을
생명처럼 바라보곤 했다
달이 둥그렇게 떠오르던 밤
우리 신나게 달맞이 나갔을 때
달빛 환하여 작업할 수 없던 아저씨는 사라졌다
달빛을 받으며 어디였을까
벌교 가까운 갯마을에서 온 부인 따라
바다였을까
다시 사진을 찍지 않았을 거라고
우리는 말하곤 했다
세상에는
더 밝은 달이

더 많이 생기고 있었다.

벌교 2

갯바닥에서 바다와 살다 온 하숙생 김형
머리에도 손발에도 짠내가 물씬하고
꽃게며 짱뚱어 잡던 날렵한 손이 볼펜을 쥐다
사전 속의 2천 단어는 내 바다와 비할 수 있더냐

사람이라곤 구름과 떠돌 뿐 산골서 온 김형
작은 가슴에도 입술에도 산내가 배어 있고
그는 김형의 이복동생이라 했다
그들의 부친이 산골짝으로 물가로 쏘다닐 때
하늘로 가는, 작지만 더 큰 이 땅의 산
운동장의 플라타너스는 바람에 흔들려 벌레 소리

달 오르는 밤이면 마당에 모깃불 피우고
돗자리 깔고 둘러 앉아 우리는 세상을 즐거워했다
다 떠나고 남은 건 말들뿐
형들은 어디서 무엇 하나, 산으로 갔을까
바다로 돌아갔을까
혹 도회지의 어느 작은 지붕 밑에서
달 떠오던 밤이나 기억하고 있는지.

벌교 3

하여튼
이라고 말하기 좋아하던 아이의 어머니는
혼자 살고, 아버지는
누군지 몰랐다
항상 자기 병을 심장병이라 말하는
그 여자가 월세를 내는 날
유난히도 핼쑥한 얼굴은 핏기가 돌았다
아이는 사탕을 물기도 했고
귀염받지 못하는 아이처럼
눈치 살피길 잘했지만
우리는 그 여자의 남편이 왔다 간 것 같다고
말했다
심장병을 고치기 위해 약을 먹고 있다는 여자는
자기 병은 애 아버지 땜에 생겼다며
남자라면 치가 떨린다고도 했다
아이는 우리에게 와서 하여튼
이라고 여전히 말을 꺼냈고
여자는 아랫동네 김씨를
결혼을 빙자한 간통죄로 고소했다고도 하고
조사를 맡은 순경은
어느 쪽에선가 돈을 받았다고도 하고.

벌교 5

동해옥에서 식모 사는 누나 만나러 가자고
내 친구는 닭고기 한 점에
나를 꼬셨더랬지요
말이 식모지
밤이면 화사한 한복을 입고
젓가락 들고 앉아 상 두드린대드라
어머니가 수군대며 못 가게 하던 일이
닭고기 한 점에 녹아나던 내 마음 앞에
아무런 힘도 가지지 못했음을 기억합니다
선창가 동해옥에서 친구 누이가
고향 없는 뱃사람 하룻밤 신부일지라도
찾아가는 날 아침이면 부은 눈멍울 감추며
내 동생 친구는 니뿐인갑다
그러고 집어주던 닭고기 한 점
누이의 옷자락에 떨어져 번지던 묽디묽은 기름방울
한 땅에 살아
보이고 싶거나 보이고 싶지 않은 일 많아도
오래도록 지우지 못한 모습이
문득문득 떠오릅니다.

벌교 6

방앗간집 큰아들은 일하다
기계에 빨려들어가 다리를 절고
청소부를 해도 서울 가면 쌀밥 먹는다고
애써 방앗간 일 마다한 채
분가해 나와 살던 둘째 아들은
딸만 셋 두고 어느 날 느닷없이
쓰러져서 일어나지 못했다
마을이 끝나는 산모퉁이 기름집 앞엔
실성한 계집애가 땅바닥에 그림을 그리고
상여는 돌아서 뒷산으로 올라가도
하루 반나절 가는 길은 한걸음 길
벌교의 구슬픈 상여 노래는
이승의 남은 자 울음을 가리는데
가야 할 세상 와야 할 세상
어드메 앉아서 기다리는지.

할머니 말씀 1

이승서 업수이 버린 물은
죽어 저세상 가 다 마셔야 한단다
동구 밖 샘터에서 물지게 져 나오면
귓가에 들리던 할머니 말씀
그렇듯 아끼며
물 한 방울 소중히 써야 했던
손 시린 겨우내 물통엔 살얼음 끼고

나이 십수 년 더해 세월 보내며
그러나 생각하니
업수이 버린 건 물만 아니어서
사랑이라든지
지조라든지
민주주의라고 부른 것
길바닥에 시궁창에 찌끌고 왔을 뿐
빈 물통처럼 텅 비어
할머니 말씀 새롭게 떠올리니

이승의 빌미되어
죽어 저세상 가면 마셔야 할
증오라든지
변절이라든지
빛바랜 민주주의를
무슨 낯짝으로

어떻게 변명하여 돌려세우랴

오늘은 얼음 낀 물통에 손 넣어
얼음장 가만히 깨보면
독야청청
독야청청
옛 선비 맑은 노래 들려오나니.

할머니 말씀 2

우리 동네 참외는 얼뫼나 컸는지
하나가 면장 머리통마나 했단다

땅 갈아 먹고산다고 무지랭이로만 볼 거 아녀
황토밭에 일 나가 고구마 대를 가슴 가득 안고
소낙비 내린 길 따라 돌아오던 저물녘
흙빛을 닮아버린 얼굴이 고구마 잎에 덮였재

고추잠자리 나는 논둑길로 볏단 져내던 가을날
노을에 붉게 물든
죄 없이 살아온 목덜미를 간지럽히며 출렁이던
그 볏단이 하마도 그리울 뿐

이 곡석 지어 뉘랑 같이 먹고 살꼬
이 곡석 지어 뉘랑 같이 먹고 살꼬

시름겨워 부른 노래 참말처럼 되는디
땅 갈아 먹는 일보다 와이셔츠에 넥타이 매고
책상머리에 앉아 펜대 굴리는 일이 낫다 한다만

땅이 얼뫼나 좋은지
아 글씨, 참외가 얼뫼나 컸는지
안 믿을 거여
참말로, 느이들사.

왕십리 시편 1

숨찬 계단을 오르며
오늘도 충실하게 나를 실어다 준 543번 버스가
성동교를 돌아 꼬리를 감출 때까지
바라본다
이 아침 나를 실어다 주는 것이
저 무거운 쇳덩이뿐만은 아닐 거라며
거리와 건물과 나무와 사람
보이지 않는 시간일 거라며

길을 따라가면 광나루
내가 알던 누님은 살림 차리고도 오라 소리
한번 하지 않는데
동전 한 닢 종이 커피 한 잔 내어 마시고
누구나 가슴속엔 사연들 있어
우스운 일이어서 가슴 아픈
아름다운 모습 간직하니

나를 실어 오고 실어 가는 건 숨찬 세월일까
이름 없이 떨어지는 낙엽일까
계단을 오르며 잠시 쉬어도
어김없이 찾아드는 강의 시간일까
광나루 불어가는 바람일까

왕십리 시편 2

왕십리에 비가 내리는 날
우리는 수복분식에 모여 술을 마신다
학점이 모자라 여기저기 수강 신청하는 진억이
카투사로 뽑혀 군대 가는 기봉이
노랠 잘 부르니 코쟁이 놈들 좋아할 거라고
부러운 듯 우리는 한마디씩 보태지만
라면 한 그릇 막걸리 한 사발이면 족하다가
양주에 입맛 버릴지 몰라
신명나면 내뽑는 박달재 신사 한 곡
왕십리에 비가 내리는 날
내려도 적당히 내려야지 사근동에 물난리 나면
보따리 싸고 학교 강당으로 모여드는 사람들
아이는 물에 젖은 책을 꺼내 널어놓고
아빠는 셋집 주인 찾아 나섰다

축축한 수복분식 나무 의자에 앉아
함석지붕 위로 떨어지는 빗방울 바라보면
심 없이 이어지는 우리 노랫소리 말고도
눈앞에 아른거려 누군지 분간 못할 사람
춤추듯 울부짖듯 다가오는 사람.

왕십리 시편 3

비 오는 아침 우산을 들고 나갔다가
돌아오는 저녁 맑게 갠 날이면
곱게 접어 오는 우산처럼
나의 하루도 그렇게 고왔던가 생각한다
알고 보면 세상은
내 이름자만큼이나 곱게 살 건 못 되지만
그랬던 사람은 내나 맨날 못살고
자식은 학교도 못 보내 열등감만 키우는
그 궁상맞은 생활을 어찌 감당하랴만
하늘에 별이 빛나고 땅에 흙이 숨쉬듯
얼굴을 스치는 바람이 어느 때 꿈결같이 흐르나니
곱게 접은 우산은 손잡아도 부드러운 감촉
호주머니에 빈손을 넣으면
그대 살아온 아름다운 추억처럼 내일이 잡히고
시장 골목 극장에 네온사인이 불 밝히며
싸구려 대폿집에도 두만강이 흘러
우리는 흘러 가없는 세상.

우천 1

청명 날 기장과 서숙을 심어
소소한 찬에라도 밥 지어 부모 섬기렸더니
나라 기울어 거리엔 비 뿌리고
가로수 잎새마다 후드득거리는 소리 사시에 그치지 않아
내 밭 내 곡식 두고 떠나온 땅에
종일토록 비안개 자욱이 차렸도다
내 부모 날다려 공부시켜서
공맹(孔孟)을 못하면 병법(兵法)이라도 외와
강토에 울리는 권세자 삼으시렸는가
돌아갈 날에 비단옷 못 입고
살진 말 없이는 부끄럽겠네
청명 날 기장과 서숙을 심어
내 부모 날다려 먹인 보람 없으려니
어이하여 비는 뿌려 가로수 후드득하고
서늘한 바람만 얼굴에 스쳐 무심한가
허망히 눈 들어 하늘 바라보며
찰기장 서숙밥 지어 내 부모 섬길 생각 하니
뉜들 욕은 마소
빗길에 신발이 젖고 있네.

우천 2

초상집에 가는 저녁 무렵 비가 내린 건
전혀 우연이었다
세상에서 이름 없는 한 사람의 죽음을 위해
하늘이 이렇게 울어줄 리야
애꿎게 바짓가랑이만 적시며 걸어가는 일행은
담소만큼이나 가벼운 움직임으로
보도블록에 괸 물웅덩이를 피해 좌우로 흩어지고
큰비가 내려 우산을 받치고 가도
머리와 어깨는 작은 비로 젖고 있었다
세상도 곳곳에 큰비가 내려
어딘들 우산 들지 않을 수 없는데
적시는 것은 비가 아니고 욕된 인생이며
세상 모를 듯한 무심함이며, 하여
빗소리 같은 부끄러움.

우천 3

13만 명이 함께 보았다는 모의 예비고사 성적표를
부적처럼 속주머니에 넣어두고
웃어본다
웃어본다, 우스운 일이라기보다
웃지 않으면 앞으로도 영영
웃을 수 없는 일만 있을 것 같아
사람살이에도 모의가 있다면
이다지 속절없이 웃을 수 있을 거다
담배 냄새 나니 변소로 들러갈까
비 나리는 어느 구석에 모여
부적으로 만 담배를 태우는 검은 옷의 제군.

3부

만년필처럼

잉크를 채운 펜이 금요일 오후에는
한 주간의 강의가 끝나 마지막 시간이 오면
지친 듯 가늘게 이어지다 마침내 끊기는데
바람 많은 봄날 강의실 유리창이 하나 깨져
세상의 바람 들어와 가슴을 쓸고 간다
밖에선 또 무슨 일이 일어나는가
누구든 등 대일 땅이 있어 자신 있게 하루를 마치고 돌아가
기다리는 이들과 몇 알의 과일로도 기뻐하느니
나는 어딘가 가야 할 자리도 없는 사람처럼 외롭고
적고 싶은 심정도 가슴에 담아두어야만
만년필의 잉크가 떨어졌으니

강의실로 들어오는 바람이 더하고
우리의 눈은 피로로 내리깔리는데
만년필처럼
다시 잉크를 채우면 살아나는 생명이여.

봄노래

이 나라 산마다
고개는 웬 고개
빗발쳐온 땅마다
들판은 웬 들판

산 깎아 골프장 만들고
꿀떡 고개
모래내 판자촌 밀어
아파트 들판
넘어도 넘지 못할
철조망 높아
네가 사느냐
내가 죽느냐
얼굴 돌린 무정 고개

구름 흘러
바람 몰아
살아도 같이 살지
죽어도
놓지 말지

이 나라 산마다
빗발쳐온 땅마다
고개는 웬 고개

들판은 웬 들판

보아라
쥐불 놓아 검은 언덕에
잔디 살아 푸르러 오고
머리 위로
지붕 위로
햇빛 고루 쬐이거니

어화 넘는 이 고개
풀 밟는 이 들판.

봄 편지

나무들이 맨손체조를 하고 있다
바람에 흔들리며 웃도리를 모두 벗은 채
땅 깊숙한 곳에서 물을 빨아올려
스스럼없이 햇빛과 만나고 있다
툭툭 불거진 네 살과
물오른 등걸을 보자
이곳엔 황사바람 그치지 않고
거리의 배기가스는 좀더 심해졌지만
지난가을에 보지 못했던 낯선 얼굴이
떠나갔던 먼 땅에서 돌아오고
새로 세상에 생명을 시작한 식구가
기다리고 있다
푸르게 입고 나올 네 옷과
여름날의 그늘과
소나기에 부딪쳐 우두둑거릴 잎사귀 소나타
듣고 싶어하고 있다
땅이 주는 정직한 양식에 목숨 얹고 살아온
나무여,
친구여.

봄에 쓴 편지

묵은 바람 속에 떠나와
내가 배운 건 부연 궁핍
넉넉한 어깨를 빌려주지 못하는구나
너는 고개를 떨구고 있는데
두고 온 길조차 가물거리게 하던 두통
아픈 기억으로 남은 속에선
그늘져 다른 담벼락 밑으로
봄꽃 심 없이 피고
꽃잎마다 눈물 적셔 보내던 세월 있어
이제 손꼽아 넘겨 찾아온 새봄이여,
내 배운 궁핍이 가파르게 만든 어깨에
네 얼굴을 기댈 수 있겠니
그래도 실하게 지켜온 가슴 열려
봄꽃 깊이 품었다 생각하렴.

5월

보리 이삭 패어나는 밭둑에 서보라
몰려가는 어둠으로 고개 잠시 숙이고
이슬 맞는 새벽에 찬연히 얼굴 드는
우리의 양식

뒷산에 임들 묻혀 소리 없으나
떡갈 잎 퍼질 때 법궁새 자로 울고
법궁새는
법궁새는
울음을 울우되
눈물 뿌린 임들의 옛 소식 전하나니

소나무 숲에 이는 푸른 바람이여
들판을 건너와
일어나라
일어나라
이 땅과 산에 가득차
힘있는 팔뚝 건강한 젖가슴으로

북을 치되 5월엔
잡스러이 치지 말 것.

동해

갈거나, 밤 깊은데
바닷바람 바꾸어 온몸 감싸니
금세 훈훈한 기운 덮여오고
고요히 보이는 하늘
모래펄에 눕힌 몸은
움직이지 않는구나, 소주 한 병에
얼근히 취해 하늘과 바다도
누웠네, 나는 힘이 빠져
나누지 못하느니
바람에 곱디고운 모래 날려
벌건 얼굴 감싸도
하고 싶은 말은 늘 제자리만 맴돈다
야간 경계를 서는 군인 하나
어느 산골에서 왔는지
아련한 파도 소리로는
고향을 그리지 못하리라
갈거나, 밤 깊은데
갈거나, 정 깊은데.

늦봄 저녁나절

돌아보니
내 그림자 저 멀리까지 있다
신의주까지 달렸을 철길
다리 아래로
모래내 개천 물 흐르다 멎지 않는다
철다리 밑을 지나
철길 따라 심어놓은 배추밭 길로
돌아오는 저녁나절
해가 김포 쪽 하늘 아래 내려간다
저 멀리까지 뻗은 내 그림자
이끌고 헌집에라도 깃들기
마음 편치 않구나
또 한 봄을
부질없는 치장에나 보냈단 말이냐
매운 눈물 재채기도
내가 흘리는 것 아니다, 돌멩이와
광목 찢어 거칠게 써내려간 플래카드
던지다 달리다
어디론가 소리 소문 없이 사라진 사람
기억이나 할까
핏빛 선 눈동자

편한 잠 못 이루긴
이제 서로 마찬가진데

신의주까지 달렸을 철길, 다리 아래로
모래내 개천 물
흐른다는 것은 살아 있음
오늘 긴 그림자 따라 고요히 밟아오시는
그대, 새날의 손님이여

앙엽기(盎葉記)

옛 가난한 선비 있어
낮에는 밭 갈고 밤엔 글 읽었네
종이와 붓을 흔케 쓸 수 없고
말 한마디로도 목숨 위태한 시절이라
밭 갈다 문득 생각나는 일 있으면
대나무 잎 주워 새기고는
그늘 좋은 아름드리나무 밑 항아리에 담아두었네
언젠가 좋은 시절 만나
잊었던 사람 찾아와 반가이 인사하면
그래도 죽지 않고 쉬지 않고
결코 썩어 묻히지 않고
훗날 기약했노라 다짐했겠거니
이 나라 아름다운 사람아
시대의 큰 기둥 밑에 항아리를 묻었어도
푸른 대나무 곧기도 할사
차고 넘치는 날은 바람이 불어
세상 곳곳으로 바람이 불어
사랑하옵는 정 전하리.

하늘로 올라간 노래

나의 노래는 어두워지는 도시 어느 골목을 돌아
서러운 가슴 같은 바람을 타고 다녔습니다
사람들은 제각기 화롯불만한 집을 짓고
오롯이 둘러앉아 가족을 이루어 살고
나의 노래는 그들 정다운 얘기를 엿듣곤 했습니다
천성이 고운 사람은 악한 일을 하려 해도 못하고
처음부터 악한 일만 일삼은 사람은
못내 버리지 못한 버릇이 남의 눈물을 흘리게 하나니
나의 노래는 마음 고운 사람 둥지에 잠들고
악한 이의 칼날 앞에 두려워 떨었습니다
어떤 때, 아주 고요한 중에 들려온 음성이
땅과 하늘 깊이 맺힌 우리 그리움이라면
그리운 사람 모습 보고 싶어 용기를 내겠습니다
하루 양식을 얻어 삶의 귀퉁이에 연기를 피우고
부지해온 목숨, 얼굴 묻어 그림자도 구부러지는 사람이 있어
나의 노래는 한줌 바람같이 세상의 들판에 나가
흔히 꺾어가는 풀꽃이 되어 그를 부르겠습니다
하늘이 부르면 대답하기 쉽게
맨손만 호주머니에 찌르고 서 있겠습니다.

부르는 소리

몸져누웠다는 소식 들었네
변방에서 수(戍)자리 서는 친구
먼산과 물이 그리도 낯설었는가
돌아올 기약은 굳세었어도
우리 배운 궁핍 사이로
가을 찬바람 스며드는데
사람처럼 사는 일은 서리보다 차갑고
소식 한 장 띄우기 어렵거니
만나보기야 꿈에나 바라는 일
면회 가는 늙은 어미 뒷모습 보고
내 눈은 하염없이 눈물로 그득할 뿐
어떻겠는가, 힘으로 되지 않거든
깊은 믿음으로 하늘을 불러
깊이 외칠 수 있으리
서리보다 차가운 것이 아름답다 하여
그 소리 부르는 소리 듣겠네
여기, 또다른 변방에서.

들국

어느 바람 부는 들판의 서늘한 언덕에 서서
대지의 양육을 받아 하늘을 닮은 꽃은
별을 만나는 밤의 이야기와 꿈과
한없는 그리움을 노래하였으니
그 한 잎에 담은 그리움과
그 한 잎에 노랗게 물들인 사랑도 깊어
오늘은 우리 가슴에 와
노을에 젖어 칼날처럼 여위어온 가슴이라도
감싸주고 있다
지난 비바람 치던 세월을 생각하면
꽃이여, 이렇게 곱게만 필 수 없을 것을
잎은 어느 한구석 흠도 없고
굳이 서리 맞아 펼치는 노란 꽃
세상의 눈물은 물로 받아 삼키고
세상의 한숨은 거름으로 묻어 재웠는가
이 땅 위의 서리 맞은 슬픈 인생 신음하여
꽃잎 하나에도 눈물 적시지 못하는데
바람 부는 그 들판에서
홀로 그림자 되어 꽃을 꺾어오는 사람아
꽃처럼 하늘을 닮아
이 땅의 그리운 얼굴 되어 오라
서리가 내린 오늘 아침 사람 붐비는 거리에
어젯밤 최루탄 맞은 꽃 한 송이
잠을 깨고 있다.

첫눈 내리는 강변에 서서

강을 건너본 사람이면 안다
흐릿흐릿한 날
강변의 자동차 숨죽여 달리고
줄지어 선 아파트 깊숙이 숨는 날
강가에 나와
손에 물 묻혀본 사람이면 안다
대지는 아득하여 강 건너 동네도
우리 눈동자와 생각 속에서 사라지고
허공의 저편인 듯 바람이 불어와
머리칼 날려 흐트러지는 얼굴
자동차만큼이나 숨죽여 흐르는 물이여
물속에 사는 것이 있으면
그렇게 남몰래 감추듯 살지 않아도 된다
물 따라 흐르면 돌아와 쉬기도 하리니
내 발 앞에서 이 땅 위의 끝까지
눈이 내리고
물위로 내려 앉아 녹아 흐르는
겨울 첫 눈발
강을 건너본 사람이면 안다
죽은 듯이 살아도
우리가 함께 녹아 목숨처럼 흐를 것을
손에 묻혀보는 강물이여.

입동(立冬)

지난봄에 죽은 매형은
고동색 오버코트 하나 나에게
남겨줬다

그가 죽을 때 필요찮던 물건이었으며
산 사람도 마찬가지라 생각한 것처럼
살아 있는 날의 추위만이
오버코트를 입게 할 것이라고

귀를 스치는 바람이
죽어가던 그분의
거친 숨소리 같다

4부

박목월 추도회와 노인의 졸음

토요일 오후 중앙청 앞이 붐비듯
붐비듯 살다 간 인생이 보이는 하늘
봄은 와서 대지의 공기 일제히 함성 올리고
잘 짜인 보도블록에 남기는 구두 자국
건널목에 선 교통경찰의 호루라기 소리와
발걸음 맞추는 일없이 뛰어가는 이름 감춘 이웃들
누구도 사랑하지 못했다는 사연을 안다면
여기 남기는 구두 자국이 힘없다, 깃발이 펄럭이고
살아남은 자처럼 숙연하던 표정이
오후의 졸음으로 바뀐 날이여
뭇 인생이 올라간 하늘은 파랗게 분장하고
불러보는 이름도 그중 어느 자리에 서 있는가.

다시 산에 올라

잠드는 건 산이 아니다
하루의 3분의 1은 눈을 붙여야 하는
잠드는 건 우리다
나무가 이렇게 자라는 동안
무얼 했단 말일까, 우리는
먼산과 강물이 만나는 둔각삼각형
꼭짓점 너머로 저녁 해가 내려가고
사람을 태운 여객기 한 대는 공항을 떠나
잠들어가는 하늘을 가르며 오르고 있다
형제여 산에 올라 눈물 머금는 형제여
저 해를 바라보며 기지개 켜는 이가
우리 선 땅 저편에 있음도 생각하라
여객기에 실린 사람들은
햇빛을 몰고 가 아침처럼 내릴 것이니
잠드는 건 해가 아니다
잠드는 건 하늘이 아니다
하루의 3분의 1과
깨어 있지 못하는 하루의 3분의 2
잠드는 건 우리다.

주기도문

내 어린 조카아이가 주기도문을 외울 때
하늘에 계신 우리 아버지 하면
아버지는 하늘의 아버지이고
먼저 가신 땅의 아버지이고
일용할 양식 주심도
하늘에서 땅의 아버지가 내리는 사랑일까
아침이면 피어나는 땅의 꽃이여
십자가가 하늘을 향해 있어도
하늘에 계신 우리 아버지 부르면
하늘의 아버지일까
하늘에 가신 땅의 아버지일까
내 어린 조카아이의
가슴에 맺히는 영상은.

주기(週忌)

종로 3가에서 중국집 개업하고
돼지머리 앞에 머리 조아리던 매형은
그러고 한 달 만에 먼저 세상을 떠났다
김대중 후보 만세를 부르며
어느 핸가 선거운동원이 되어
그 넓은 가슴만큼이나 크게 살려 하던만
달리 도움 받을 형제도 없던 그는
젊은 나이에 중국집 차리고 돈 세는 일을
못내 부끄러워했었다
워낙에 사는 일이 사람 뜻 아니라
새벽 두시 식어 있는 육신을 엘리베이터에 싣고
대학병원 영안실로 옮기면서도
선잠 깨고 나온 영안실 아저씨 미안타 싶어
나는 눈물보다 온몸에
땀만 흘리고 있었다
권속의 슬픔은 누구라 알랴, 수은등 켜진
병원 앞 광장에 서서
멀리 고요히 잠든 세상만 바라볼 뿐
돌아서서 흘리는 눈물 있어도
진달래꽃 한 잎 적시지 못하였으리
살아 있는 날은 살아 있음으로 고달팠던 것을
죽어 구천의 손님된 그를 불러
오늘 더욱 섧다.

로스앤젤레스의 봄밤

—다시 주기(週忌)가 있어

봄이 오면 살구꽃 피는 마을로 돌아와
의심 없는 사람들과 살고 싶다는
조카아이의 고모는 로스앤젤레스
무의탁자 보호소에 있단다, 살구꽃이여
약 속에 독약을 탄 것 같아
신경쇠약증도 치료받지 못하고
김치에 된장국 밥 말아 먹고
들판의 쑥처럼 살고 싶다고 한다
몇 년이나 소식이 없더니
조카아이의 고모는 오빠가 죽은 줄도 모르고
무의탁자 보호소에서 편지를 보내왔다
오빠가 보고 싶다고.

어둠

나는 앞 갈 길이 무언지 모르는 어둠 하나 가지고 있소. 사실 지나온 길도 어른거릴 뿐 확실히 모르는 어둠 속이오. 가는 길이나 온 길이나 무엇인지 모르므로 어둠의 끝이 어디며 또 어디서 시작했는지 알 수 없음 당연하오.

어둠은 워커힐 앞의 광나루 같고 남산을 끼고 도는 마포 삼개 물 같고 휴전선에 걸터앉아 흐르는 한강의 하류 같기도 하오. 오히려 어둠은 시내버스 속에 갇혀 도시의 매연을 마시는 것인지 모르고 우유 하나로 점심을 때운 오후의 현기증인지도 모르겠소.

어둠의 끝에 서면 어둠이 보이지 않을 것이오. 어둠은 어둠 속에 있는 자와만 친하오. 가끔은 어둠에서 나가고 싶다고 소리치지만 어둠은 조용히 내 볼에 와 닿으며 속삭이오. 네가 나로 인하여 몸부림치던 날이 그리워지리라. 그러니 조용히 기다릴 것. 물러서면 다시 돌아갈 수 없느니.

제망매가(祭亡妹歌)

잎 지어 가는 곳 저기 어디랴
하늘 맞아 오른 걸음 흐르는 황톳길
산은 청청 물은 맑은데
비비추 멧새 울음 서럽기도 하여라

아리랑 무덤에 심군 잔디는
올봄 더욱 푸르러 아리리요

메아리 되돌아 흐르고 부서지고
학 날아 푸른 숲 푸르른 소리여
그리운 눈물이면 실개울 삼아
구천으로 가는 길 꽃배 띄우고저

아리랑 무덤에 심군 잔디는
올봄 더욱 푸르러 아리리요.

새벽길

서부성심병원 응급실 입구에 사람들이 모여 있었다
그들의 목소리가 허스키하듯이 멀리 삼각산이 안개에 싸여 있었다
판자촌이 헐린 자리엔 땀 냄새 오줌 냄새 걷고
새로 짓는 아파트 현장 사무실이 잠들어 있고
집이 집을 만들었어도 사람은 사람을 만들지 못하는 세상
환자는 어디서 왔을까

그날은 부활절 새벽이었다
용감했기에 겁 많았던 베드로여
스승의 무덤을 향해 달려나가길 잘했다
기다리며 다가오는 그대의 아침, 우리의 아침
어젯밤 나갔던 길을 돌아오며 만난다
응급실 붉은 네온사인에 삼각산의 안개가 묻는다.

산중일기(山中日記)

배울 놈은 배우라고 서울 보내네만
못 배운 놈사 돈 벌러라도 시골은 떠야재
이 좁은 바닥에 박혀서 뭐한당가
상업학교 댕기는 막내넌 졸업반인디
주산이랑 부기랑 배우라 했드만
썩을 넌이 흔한 자격증 하나 못 땄다네
번듯허니 은행에나 취직해야 쓰겄그만
그런 디도 뒷심 있어야 들어간다믄 일찍 포기하겄음서도
그렇기야 할라구, 실력 있으면 다 아니겄어
지내기사 공기 좋고 물 맑은 시골이 좋대만
그래도 자식놈들 집에 오믄 하룻밤도 안 자고 기올라가거든
갑갑기야 할 터이지만 서울이 그리 좋은가
나사 모르겄어,
무식한깨.

가을, 답사 길에

1

바라보니 가슴은 붉어 울음 터지도록
두 고개를 넘어 낟가리 널린 논둑길 따라
조상이 전해준 전설 속에 우리의 전설을 심고
산천이 붉은 만큼 세사도 서러워라
열넷에 시집와 살아온 풍상 70년
일본 순사 무섭더니 전쟁통에 아들은 다리를 절고
못 배워 막노동 하루벌이 하는 손주 내외
고상도 고상도, 시방 젊은 사람이야 하라도 못히여
마을의 가장 늙은 할머니는 엷은 단풍 같은
술 취한 아들과 옛이야기를 했다
활목고개 넘어올 땐 채석강 너머로 노을이 지고
전송 나온 아들은 저만치 혼자 남아
돌아보니 어두운 그림자에 덮이고 있었다

2

철 지난 바닷가의 여인숙은 오래 불을 때지 않아
방은 퀴퀴하고 춥기만 했다
껄끔한 정부미로 지은 저녁밥 먹고
우리는 하루 동안 걸었던 발자국 생각하며
차 한잔 대했다, 정담다방
완전히 어두워 깊이 모르는 밤은
원더풀 투나잇

서양의 선율을 타고 흐를 뿐
밤이 왔다, 언제 새벽이 올 것인가는
생각하지 않기로 하였는가
내일은 나가 상여 노래라도 들었으면 싶다고
우리는 살아 있음의 특권을 빌려 웃음 지으며
가을 깊어가는 밤을
서로의 마음속에 조금씩 나누어 가졌다.

수몰지

—국문과 답사 길에

이미 세상에 이름난 사람은 돌을 주우러 오지만
포탄리 사람들은 한가롭게 돌을 줍지는 못한다
황강나루 오고가는 나룻배 위에서
강을 바라보면 강물 깊이
헌 고무신짝 보인다, 보이는 건
사람의 한숨 소리도 있다
물이 차면 이사 갈 집도 정하지 못했다는
가족 없이 혼자 사는 할머니의 얼굴에
떠돌며 일렁이는 물결
포탄리 수석 채취권을 누군가가 차지한 듯
마을 앞에 널린 돌마저 이젠 주인이 생겼다
이 마을의 살아온 날은
물 따라 흘러 잎 지게 하고
어디엔들 살아갈 땅 찾아 나서리 믿어도
헐린 집의 방 하나 치워 잠든 우리는
남한강 물이 거꾸로 흐르지 않고
철거작업반원 망치 소리가 가까워오는 것을
듣는다,
두렵게 듣는다.

산을 보며

답답하고 속상한 일은 말해 무엇하랴
저가 스스로 구름을 일우어
성난 듯이 비 맞아 몸을 씻고
장마 그친 아침에 나타나
깊어 속 모르는 골짝을 다듬는,
하늘은 산이 보고
우리는 산을 본다.
흐리고 곳에 따라 비 내린다는
정처 없는 기상예보에 충실했던 우리만
손에 우산 놓지 못하고 다니다가,
알량한 우산 하나에 몸을 감추고
혼자 소중히 여겨온 어느 한 군데만 비에
젖지 않은 것으로
이 아침 안도의 숨을 쉬며 나섰거니,
저가 스스로 구름을 일우어
성난 듯이 비 맞아 몸 씻은 산은
산은
웃는 듯 우스운 듯
우뚝 서서만 있더라,
깨끗기는 더 깨끗게
푸르기는 더 푸르게 있더라.

크리스마스 날에

한줌 연탄 연기 같은
궁핍한 봉급을 받는 젊은 전도사가
그의 가계부에 빨간 글씨를 올리던 겨울
나는 안다,
사랑하는 내자와 그의 아이를
다리 건너 처가로 보내던 일.
남은 양식으로 한 사람의 목숨은 잇겠는 듯
하여 큰 강이 열리고
세상은 물처럼 무심히 흘러도
사랑은 강 건너 마을로 달렸으니

—오늘밤은 눈이 내리는 겨울바람 속에
옛 이스라엘 청년을 만나
서른 살까지 생애를 들었으니
그 30년이 사막과 목수질로 연명되었어도
누룩 없는 빵같이 딱딱한 사람의 마을을 돌아
애끓는 칼을 갈던 사람이여
식민(植民)하는 땅의 우울한 하늘에 걸린 휘장을 끊고
그대는 어느 날 사랑하는 사람의 꿈과 양식을 싣고
오리니
이미 연기처럼 흩어진 것들 모아
나 또한 몇 가지 간편한 도구로 호구를 삼고
기나긴 겨울밤 손 시린 별을 세며
땅 설고 물 선 이곳에서 그대를 부르리라

녹음된 피아노 반주를 틀어
아이는 이모들 옆에서 크리스마스 전야
어린이 잔치에 나갈 노래를 연습하는데
전도사 방으로 들어가는 좁은 마당에
눈이 쌓여 드러나는 한 사람 발자국
크리스마스 날 밤
그 위에 고요히 겹쳐지는 발자국 있어
아이의 노랫소리도 들으리라.

문학동네포에지 032
밀물 드는 가을 저녁 무렵

초판 인쇄 2021년 12월 7일
초판 발행 2021년 12월 15일

지은이—고운기
책임편집—유성원
편집—김민정 김필균 김동휘 송원경
표지 디자인—이기준 신선아
본문 디자인—유현아
마케팅—정민호 김도윤
홍보—김희숙 함유지 이소정 이미희
제작—강신은 김동욱 임현식
제작처—영신사

펴낸곳—(주)문학동네
펴낸이—염현숙
출판등록—1993년 10월 22일 제406-2003-000045호
주소—10881 경기도 파주시 회동길 210
전자우편—editor@munhak.com
대표전화—031-955-8888 / 팩스—031-955-8855
문의전화—031-955-3576(마케팅), 031-955-8865(편집)
문학동네카페—cafe.naver.com/mhdn
트위터—@munhakdongne
북클럽문학동네—bookclubmunhak.com

ISBN 978-89-546-8391-3 03810

www.munhak.com

문학동네